MAGASIN DES PETITS ENFANTS

# L'Ami Moc

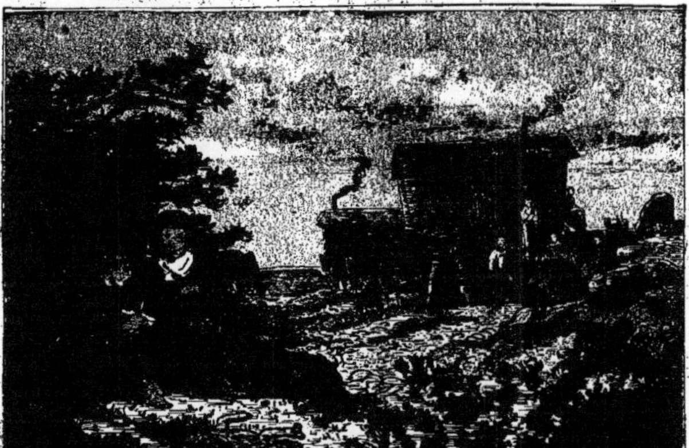

PARIS:

LIBRAIRIE HACHETTE & Cie. BOULEVARD St. GERMAIN, No. 79.

# L'AMI TOC

HISTORIETTE

ILLUSTRÉE DE SIX GRAVURES COLORIÉES

PAR H. F.

**PARIS**

LIBRAIRIE HACHETTE ET Cⁱᵉ

79, BOULEVARD SAINT-GERMAIN, 79

# L'AMI TOC

L'ami Toc que je vous présente, mes chers petits lecteurs, n'a pas un extérieur très-séduisant. Ce n'est qu'un pauvre chien barbet au poil gris et peu soyeux; mais quel cœur! quelle fidélité! quelle intelligence! Son histoire est tout un roman; écoutez-la.

Un clown ou paillasse d'un cirque ambulant le rencontra un jour, presque mourant, sur une route d'Angleterre. La pauvre bête n'avait pu se garer à temps d'une diligence qui arrivait sur lui à fond de train; une de ses pattes se trouva engagée sous une roue de la lourde voiture, et quand il put la retirer elle était écrasée. Il était là depuis longtemps, gémissant et meurtri, quand le bon clown Topsy, ému de pitié en voyant sa souffrance, le prit dans ses bras, et le soigna si bien qu'en peu de jours la patte fut guérie et que notre chien sauta et gambada comme si jamais il n'avait éprouvé d'accident.

Il était si intelligent et si gentil qu'il se fit bientôt aimer de tous les camarades de Topsy. On lui donna le nom de *Toc*, et c'était à qui le caresserait et lui donnerait quelques friandises; mais le bon chien avait une prédilection marquée pour son sauveur et surtout pour ses deux petits enfants Julie et Édouard, qui ne l'appelaient jamais que l'*ami Toc*. Il est vrai de dire que ses jeunes maîtres ne lui faisaient jamais de mal, qu'ils ne lui tiraient pas la queue ou les oreilles, comme certains polissons que je connais, et qu'ils n'avaient jamais rien de bon à manger sans le partager avec leur ami Toc.

Il n'est donc plus étonnant que notre chien leur fût reconnaissant, et vous verrez dans le courant de cette histoire que la reconnaissance même d'un chien n'est pas à dédaigner.

Topsy mourut; le pauvre clown s'était brisé la colonne vertébrale en faisant un tour de force et il laissait ses deux enfants orphelins, sans appui et sans protection sur la terre, car le maître

CIRCUS ROYAL
E.SIM
FISHM

du cirque était un méchant homme qui les maltraitait le plus souvent au lieu de leur témoigner quelque tendresse.

Ils n'avaient donc que leur chien pour toute consolation; quel triste sort! Vous voyez les deux orphelins assis à l'écart, près d'un bouquet d'arbres; Édouard coupe un morceau de pain, Julie tient un bol de lait; devant eux est leur ami Toc qui les regarde et semble leur dire : « Non, vous n'êtes pas seuls, car je veille et veillerai sur vous. » A quelques pas de là les gens du cirque préparent, derrière leurs maisons roulantes, leur repas en plein air, tandis que les chevaux paissent l'herbe rare qui croît dans ces lieux abandonnés. On aperçoit dans le lointain la ville où doit se rendre la troupe ambulante; suivons-y nos trois amis, et voyons ce qu'ils deviennent.

# LA CAVALCADE DU CIRQUE ROYAL

Nous les apercevons en tête d'une magnifique cavalcade qui parcourt les rues de la ville pour annoncer la grande représentation que les écuyers du Cirque Royal doivent donner dans la soirée.

Voyez comme Édouard et Julie, revêtus de beaux habits, ont bon air sur leurs jolis poneys; et puis, cette grande voiture avec un cocher en habit rouge, ce clown si drôlement costumé, ces bannières déployées. Tout cela attire la foule, et si je ne me trompe, la recette sera bonne ce soir au Cirque Royal. Remarquez-vous notre ami Toc qui court autour de ses jeunes maîtres? Lui aussi fait partie de la troupe, car, il faut vous le dire, c'est un chien savant : il saute à travers des cercles de papier, se tient debout sur la tête, et fait mille autres tours qui divertissent fort les spectateurs. Nos deux orphelins ne sont pas moins habiles, et les pauvres enfants gagnent bien durement leur maigre nourriture.

# LA REPRÉSENTATION DU CIRQUE

La cavalcade a produit le meilleur effet ; tous les petits garçons
et toutes les petites filles, émerveillés de la richesse des cos-
tumes et curieux de voir les prodiges que l'on a annoncés, ont
supplié leurs parents de les conduire au cirque. Aussi vous voyez
que les places sont entièrement occupées, qu'il y a de belles dames,
de beaux messieurs et beaucoup d'enfants. Remarquez, je vous
prie, à l'avant-scène du deuxième étage, un monsieur avec une
jolie petite fille qui paraît porter le plus vif intérêt à tout ce qui
se passe, c'est M. Drummond et sa petite Anna, la plus charmante
enfant que l'on puisse voir.

Édouard et Julie sont debout sur des chevaux qui courent à
toute vitesse; ils se tiennent par la main, dansent, sautent sur le
dos des chevaux absolument comme s'ils étaient à terre. « Regarde donc, papa, dit Anna; comment ces enfants peuvent-ils ainsi
sauter sur des chevaux sans tomber; qu'ils sont heureux! que je
voudrais en faire autant! c'est bien plus amusant que tout ce que

l'on me donne à apprendre. Et ce chien qui traverse des cercles, est-il possible de voir des choses plus surprenantes ? — Chère Anna, lui répond son père, tu parais envier le sort de ces enfants, mais si tu savais combien leur existence est triste, tu te garderais bien d'avoir de pareilles idées. Les beaux habits qu'ils ont ne leur servent qu'au théâtre; ils sont ordinairement très-pauvrement vêtus, encore plus mal nourris, et Dieu sait les mauvais traitements qu'ils subissent pour arriver à cette agilité que tu admires; et puis, à quels dangers ne sont-ils pas exposés ! Ce petit garçon, cette petite fille peuvent à chaque instant se casser un membre. » Comme il achevait ces mots, Édouard, qui traversait en ce moment un cercle en papier pour retomber sur son cheval lancé à toute vitesse, manqua son coup, peut-être d'une demi-seconde, et fit une chute si malheureuse qu'il ne put se relever.

Un écuyer enleva promptement le pauvre enfant. Le maître du cirque annonça aux spectateurs que l'accident survenu à Édouard n'avait aucune gravité et que le jeune artiste exécuterait le lendemain sur la corde roide des tours de première force; mais toutes ces paroles étaient autant de mensonges. Édouard était réellement très-souffrant, et, ce qui est affreux à dire, c'est que le méchant maître du cirque, au lieu de lui donner les soins nécessaires, lui administra en guise de remède une telle volée de coups de bâton qu'il aurait assommé le pauvre enfant si l'ami Toc, irrité d'une si grande cruauté,

ne se fût jeté sur le vilain homme et ne l'eût à son tour mordu de manière à lui faire lâcher prise.

Toute la nuit Julie veilla près de son frère et tâcha par sa tendresse d'adoucir ses souffrances. « Quittons ce mauvais maître, dit-elle à Édouard, il nous fera mourir ; je vais te porter sur mon dos, et nous irons nous réfugier dans une maison abandonnée que j'ai remarquée non loin d'ici. — Je le veux bien, répondit Édouard, mais comment vivrons-nous ? tu sais bien que nous n'avons aucune ressource. — J'ai une idée, dit Julie :

« L'ami Toc nous fournira ce dont nous avons besoin jusqu'à ce que tu sois rétabli : je lui attacherai autour du cou une petite bourse et un écriteau où je mettrai : Donnez pour un enfant malade, et je suis persuadée qu'il nous rapportera quelque chose. »

Sans plus attendre, notre petite fille réalisa son beau projet. Elle transporta son frère dans la maison, et mit au cou de *l'ami Toc* une petite bourse et un écriteau en le caressant bien et lui disant : « Va, mon bon ami, fais des tours comme au cirque et sois notre sauveur, car nous n'avons d'autre espérance qu'en toi. »

# L'AMI TOC EN REPRÉSENTATION

Voilà notre ami Toc en quête d'une bonne place, où il puisse montrer son talent. Voyant qu'il y a assez de monde à une porte de la ville, et jugeant qu'il pourra faire une bonne recette, il se met à faire des cabrioles, à se tenir debout sur sa tête, à sauter et à faire mille tours qui étonnent les spectateurs. Parmi ces derniers se trouvent heureusement le bon M. Drummond et sa petite fille. « Mais, c'est le chien du cirque, dit Anna ; vois donc, papa, l'écriteau attaché à son cou. » M. Drummond lut ce qu'avait écrit Julie, et il s'empressa de mettre dans la bourse une belle pièce d'argent. Beaucoup de personnes en firent autant, et notre chien retourna tout joyeux vers l'asile où étaient réfugiés ses jeunes maîtres.

# LE COLLIER D'HONNEUR DE L'AMI TOC

---

Je vous laisse à penser la joie qu'éprouvèrent les orphelins en voyant l'argent que leur rapportait leur ami Toc. Mais ce ne fut pas tout.

M. Drummond et sa fille avaient suivi l'intelligent animal, et ils pénétrèrent peu d'instants après lui dans le triste réduit où Édouard couché sur de la paille recevait les soins de sa bonne petite sœur Julie.

« Pauvres enfants, s'écria M. Drummond, qui a pu vous rendre si malheureux! » Julie lui raconta toute sa triste histoire, sans oublier le dévouement de l'ami Toc. M. Drummond, ému de pitié, lui dit alors : « Vous aurez désormais un refuge,  car vous viendrez dans ma maison, et j'aurai soin de vous. — Tu prendras aussi le chien, oh! je t'en prie, lui demanda Anna. — Certainement, répondit son père, car c'est un animal trop intelligent pour qu'on ne s'intéresse pas à lui; bien plus, je vais lui commander un beau collier d'argent et je ferai graver dessus : « L'ami Toc, le plus fidèle et le plus dévoué des chiens. »

FIN

Bourloton. — Imprimeris réunies, B.